PSYCHÉ,

BALLET-PANTOMIME

EN TROIS ACTES,

PAR M. GARDEL, Maître des Ballets
de sa Majesté Impériale ;

*Représenté pour la première fois sur le
Théâtre des Arts, le 14 Décembre 1790.*

SECONDE ÉDITION.

Prix : 15 sous.

A PARIS,

Chez BALLARD, Imprimeur de l'Académie Impériale
de Musique, rue J.-J. Rousseau, n°. 14.

AN XIII — 1804.

ACTE PREMIER.

JEUNES AMANS.

Mlle. MILLIÈRE.

MM. Biquier, Petit, Rivière, Maze.
Mlles. Bourgeois, Buisson, Eulalie, Albedel.
MM. Saron, Dejazet, Beautin, Guillet.
Mlles. Mareiller l'aînée, Leverd, Podevin,
Jenny.

PRÊTRESSES DE VÉNUS.

Mlles. Lily, Dejazet, Tellier, Laurence,
Deslauriers, Seuriot, Proche, Coulon 1re.

ACTE SECOND.

NYMPHES.

Mlles. BOILAY, MAREILLER l'aînée.

Mlles. Jacotot, Bourgeois, Eulalie, Tellier,
Lily, Podevin, Buisson, Eugénie.

AMOURS.

Mlles ROSIÈRE, NANINE.

Mlles. Aimée, Piverd, Pieret, Blondin.
MM. Toussaint l'aîné, Rosier, Simon, Péqueux.

PLAISIRS.

MM. Toussaint l'aîné, Liger, Anatole, Bourdin, Beauglin, Lemière, Boudet, Beaudry.
Mlles. Dupuis, Baland, Lavaucourt, Launer, Rosalie, Mélanie, Marianne, Bégrand.

ACTE TROISIEME.

DÉMONS.

MM. GOYON, BEAUPRÉ, BRANCHU, AUMER.

MM. Deschamps, Cantagrel, Honoré, Butteaud, Justin, Auguste, Verheuil, Joly, Gogot, Hulin, Bance, Leroy, Beautin, Seuriot l'aîné, Seuriot cadet, Rivière.

PLAISIRS.

MM. Biquier, Elie, Maze, Guillet.
Mlles. Mareiller l'aînée, Buisson, Eulalie,
Adélaïde.

LES RIS.

MM. Petit 1er., Saron, Michel, Petit 2e.
Mlles. Bourgeois, Podevin, Jenny, Albedel.

LES JEUX.

MM. Marette, Eve, Henri cadet, Leblond.
Mlles. Eugénie, Guichard, Seuriot, Pansard.

LES MUSES.

Mlles. Millière, Louise, Naley-Neuville,
Félicité, Hutin, Claire, Coulon 1re., Coulon 2e., Aubry.

PERSONNAGES.

JUPITER,	M. Lebel.
VÉNUS,	Mlle. Clotilde.
L'AMOUR,	M^{de}. Vestris.
L'HYMEN,	M. Léon.
ZÉPHIR,	M. Duport.
FLORE,	Mlle. Delisle 1re.
TERPSICHORE,	Mlle. Millière.
MERCURE,	M. Dejazet.
TISYPHONE,	M. Goyon.
MÉGÈRE,	M. Deschamps.
ALECTON,	M. Cantagrel.

LES PARQUES,
$\left\{\begin{array}{l}\text{M}^{lle}. \text{ Laurence.} \\ \text{M}^{lle}. \text{ Tellier.} \\ \text{M}^{lle}. \text{ Proche.}\end{array}\right.$

LA HAINE,	M. Aumer.
L'ENVIE,	M. Milon.
PSYCHÉ,	M^{de}. Gardel.
SATURNE,	M. Godefroy.
CYBÈLE,	Mlle. Lily.
PALLAS,	Mlle. Dejazet.
MARS,	M. L'huillier.
LE PÈRE DE PSYCHÉ,	M. Butteaud.
LA MÈRE DE PSYCHÉ,	Mlle. Aubri.

LES DEUX SŒURS DE PSYCHÉ,
$\left\{\begin{array}{l}\text{M}^{lle}. \text{ Coulon.} \\ \text{M}^{lle}. \text{ Jacotot.}\end{array}\right.$

LEURS ÉPOUX,
$\left\{\begin{array}{l}\text{M. Deschamps.} \\ \text{M. Seuriot cadet.}\end{array}\right.$

PSYCHÉ,
BALLET D'ACTION.

ACTE PREMIER.

Le Théâtre représente une vaste campagne ; sur la gauche et sur le devant est un Temple en colonnades, consacré à Vénus : la statue de cette Déesse est dans le milieu ; sur la droite, et fort éloigné, l'on voit l'extérieur d'un superbe Palais, appartenant au père de Psyché : la mer est au fond, qui se brise au pied d'un rocher extraordinairement élevé.

SCÈNE PREMIÈRE.

Après le lever de la toile, Zéphyr paraît avec la légéreté qui le caractérise. Il fait entendre qu'il a reçu l'ordre d'attendre en ce lieu. Pour se désennuyer, il le parcourt en folâtrant, en bondissant : ses

différens mouvemens agitent un peu les
eaux; il s'en apperçoit et s'en amuse. Il
s'approche, les flots se gonflent; il s'en
éloigne, les eaux s'abaissent.

SCÈNE II.

L'AMOUR arrive ; Zéphyr vole à son
ami : l'Amour lui peint le tourment de
son cœur : il lui dit qu'il n'a pu échapper
lui-même à la force de ses traits, qu'il
s'est blessé, et qu'il a fait serment d'épou-
ser une mortelle, mais dont la beauté est
égale à celle des divinités de l'Olympe!
Zéphyr marque son étonnement; l'A-
mour lui montre le palais (demeure de
celle dont son cœur a fait choix), ensuite
il l'amène vers le Temple de Vénus, et
lui fait entendre que cette Déesse même
est jalouse de la beauté de Psyché; un
bruit qui annonce une fête, force Zéphyr
et l'Amour à s'éloigner.

SCENE III.

UNE troupe de jeunes amans, portant des corbeilles de fleurs, des guirlandes, des couronnes, etc., viennent en dansant faire leurs offrandes à Vénus. Ces jeunes amans forment des grouppes agréables, des danses voluptueuses, supplient la Déesse d'être propice à leurs vœux et de couronner leur tendresse.

SCÈNE IV.

LES portes du palais s'ouvrent : on en voit sortir le père et la mère de Psyché, leurs deux filles avec leurs époux, et ensuite la belle Psyché, tenant une corbeille pleine de colombes ; les jeunes amans se prosternent devant eux et les prient de se mêler à leurs jeux. Les nouveaux époux dansent ; ensuite Psyché marche vers le Temple de Vénus, pour lui porter son offrande ; tout le monde la suit : Psyché s'agenouille et fait sa prière.

Le tonnerre gronde, les colombes s'envo-
lent et la statue de la Déesse disparaît ; ce
miracle étonne tous ceux qui en sont les
témoins ; et ils sont tellement effrayés
qu'ils entrent tous dans le Palais, à
l'exception de Psyché.

SCENE V.

PSYCHÉ restée seule, regarde de tous
côtés, et paraît surprise de se voir aban-
donnée ; mais le bruit cesse et remet le
calme dans ses esprits : elle cherche im-
prudemment à découvrir la cause de cet
évènement ; elle s'approche du Temple,
reste un instant immobile, s'approche encore, monte les degrés ; enfin, elle pousse
la hardiesse au point de monter sur l'autel
où était placée la statue de Vénus, et en
prend même la position : enchantée de
cet acte de témérité, elle descend, court
appeler ses parens, et revole aussi-tôt se
replacer sur l'autel.

SCÈNE VI.

TOUT le monde revient ; le père, la mère
de Psyché et les jeunes amans font un
geste d'admiration ; ils trouvent Psyché
belle comme Vénus elle-même, et ils
lui rendent les mêmes honneurs qu'ils
viennent de rendre à la divinité. Psyché
les reçoit avec un air de grandeur, lorsque le tonnerre gronde de nouveau ; la
foudre éclate et se précipite sur le palais
du père de Psyché. Psyché tombe évanouie
dans les bras de sa mère, qui est soutenue
par ses autres enfans ; le père désolé les
regarde ; les jeunes amans forment différens tableaux qui expriment la frayeur
mortelle que leur a causé l'éclat de la
foudre.

Le Temple de Vénus, en s'écroulant,
laisse voir l'inscription suivante , que
l'orchestre peint à mesure qu'elle paraît;

tout le monde la lit avec l'expression de la douleur occasionnée par le malheur qu'elle annonce :

> A Psyché, conduite en coupable,
> Avec l'appareil de la mort,
> Sur cette roche épouvantable,
> Un monstre doit unir son sort.

Le père dit qu'il n'obéira point à cet ordre inhumain ; lui, la mère et leurs enfans s'offrent pour subir ce sort cruel. Mais cette autre inscription leur en ôte l'espoir :

> En vain, pour expier son crime,
> Parens, amis, s'offriraient tous ;
> Vénus, dans son juste courroux,
> Veut Psyché seule pour victime.

Alors le désespoir s'empare des malheureux parens de Psyché ; les larmes, les sanglots, la douleur les acablent ; ils entourent la pauvre victime, la serrent dans leurs bras, et ils l'emmènent dans le palais pour la parer du crêpe funèbre.

(13)

SCÈNE VII.

L'Amour revient, et montre à Zéphir,
qu'il le suit, tout son désespoir; il lui dit
qu'il n'a plus d'espérance que dans son
amitié; il lui fait voir le rocher où Psyché
doit périr, et le prie de s'y tenir prêt à
servir sa passion.

SCÈNE VIII.

Vénus arrive, elle marche vers la porte
du palais avec une précipitation qui fait
voir l'agitation de son ame, et elle fait
un geste qui peint la haine qu'elle porte
à Psyché. Appercevant son fils, Vénus
court à lui, l'embrasse, lui fait part de
l'affront qu'elle vient de recevoir et du
projet qu'elle a conçu de perdre Psyché;
elle lui dit encore que c'est sur lui qu'elle
compte pour exécuter sa vengeance. L'A-
mour cache sa surprise, et d'un air malin
il promet tout à sa mère; mais il se

retourne et dit à Zéphyr que ses promesses
sont autant de feintes. Vénus, charmée
de la docilité de son fils, lui témoigne
sa satisfaction et se prépare à le quitter.
On voit sortir des flots un char brillant
prêt à recevoir la Déesse ; ce char est
porté par des Tritons : Glaucus, une con-
que à la main, le précède ; les Ris, les
Jeux le conduisent, et les Néréides dansent autour : l'Amour et Zéphyr mon-
tent sur le rocher pour accompagner
Vénus ; ils la suivent des yeux, et lorsqu'ils l'ont perdue de vue, l'Amour part
en recommandant à Zéphyr de bien
saisir le moment.

SCENE IX.

UNE marche lugubre annonce la pauvre victime ; tout le monde l'entoure. Ses parens sont au comble du désespoir. Psyché veut en vain les consoler ; la mort seule peut appaiser une telle douleur : enfin, après les adieux les plus tendres et les plus cruels, Psyché marche, tout le monde la conduit en pleurant ; elle gravit lentement le rocher, en cherchant à cacher ses larmes à ses parens et à ses amis qui restent au pied ; et lorsqu'elle est arrivée au sommet, elle se jette à genoux en tendant les bras à sa mère : mais cette mère malheureuse ne pouvant soutenir un aussi déchirant spectacle, tombe presque morte : pendant qu'on s'empresse à la secourir, et qu'on l'entraîne dans le palais, Zéphyr, fidèle aux ordres de l'Amour, enlève Psyché qui est dans le plus grand évanouissement.

ACTE II.

Le Théâtre représente l'intérieur d'un superbe Palais élevé par l'Amour ; sur un côté est une toilette ornée de tous ses accessoires : des glaces, et sur-tout des tableaux analogues aux différens triomphes de l'Amour, embellissent ce salon ; plusieurs portes sont au fond. Il fait nuit.

SCENE PREMIERE.

ZÉPHYR descend Psyché sur un lit de repos, et sort pour prévenir l'Amour du succès de son entreprise. Après quelques instans, Psyché revient de son évanouissement ; mais se croyant dans le plus affreux désert, et prête à être dévorée, tout l'effraie, le bruit le plus léger la fait trembler ; elle pleure, plaint ses malheureux parens : la situation de sa mère ne peut sortir de son esprit agité, et ses larmes coulent en abondance. Cependant le chant agréable des oiseaux vient dissiper un peu la douleur de la belle Psyché : l'obscurité les lui cache, mais rien ne la prive de les entendre. Elle se lève et cherche une issue pour échapper aux ténèbres, lorsque ses oreilles sont frappées d'un bruit terrible : elle se croit perdue, dévorée, et retombe sur le lit de repos.

SCENE II.

QUELLE est sa surprise ! une voix douce et enchanteresse répand les sons les plus touchans ; c'est l'Amour qui peint à Psyché l'ardeur de la plus tendre passion. Psyché écoute avec attention, elle croit rêver ou s'être trompée ; elle s'approche, écoute de nouveau, et paraît s'accoutumer à la voix du monstre. L'Amour veut saisir cet instant pour prendre la main de Psyché, mais un reste de frayeur la lui fait retirer avec violence : cet em-

B

portement met l'Amour au désespoir; il
soupire, il verse même quelques larmes.
Pscyhé se sent émue, elle se reproche sa
dureté pour un monstre qui n'a pas l'air
de lui vouloir de mal, et se flatte déjà
de l'apprivoiser ; elle l'appelle, l'Amour
vole sur ses pas ; sa curiosité la porte à
mettre les mains sur le monstre ; mais
nouvel étonnement et nouvelle crainte,
quand elle s'apperçoit qu'il a pris la
forme d'un homme ; elle veut fuir, l'A-
mour la retient, se jette à ses genoux,
et lui déclare avec tant de force et de
douceur le feu qui le consume, qu'à peine
a-t-elle le courage de refuser les tendres
baisers qu'elle reçoit sur la main. Enhar-
die par la douceur et par les caresses
de l'époux que la haine de Vénus lui a
donné, Psyché lui fait mille questions ;
l'Amour ne peut y répondre, et voyant
le jour paraître, il sort en promettant
de revenir le soir.

SCENE III.

LE jour vient offrir à Psyché de nouveaux objets d'étonnement ; tout lui semble extraordinaire dans ce séjour céleste. Elle en admire toutes les beautés ; mais elle en est peu flattée : elle cherche celui qu'elle brûle de voir, ouvre une des portes du fond, et pénètre dans le salon voisin.

SCENE IV.

L'AMOUR arrive avec Zéphyr, il lui témoigne sa reconnaissance du signalé service qu'il vient de lui rendre, et lui peint avec feu tous les transports que son ame éprouve : ensuite il supplie la nuit d'être favorable à ses desirs, de hâter sa course, et d'étendre dans les airs ses voiles ténébreux. L'Amour appelle les personnages soumis à son empire ; il leur recommande de ne rien négliger pour les plaisirs de celle dont il a fait choix, et comme il entend Psyché, il rentre suivi de tout le monde.

SCENE V.

LA belle Psyché revient cherchant toujours et toujours inutilement; elle s'assied devant la toilette; une symphonie mélodieuse se fait entendre; on voit paraître une troupe de Nymphes et de petits Zéphyrs portant la robe nuptiale et toutes les parures qui peuvent contribuer à embellir la nature. Zéphyr présente à Psyché un bouquet de diamans, dont l'éclat la séduit; Flore lui en présente un de simples roses: celui-ci a la préférence sur tous les dons qui lui sont offerts; elle prend ce bouquet, et court à la toilette pour se l'attacher; en ce moment les petits Zéphyrs grimpant sur le miroir, sur le siège, couronnent Psyché de fleurs. Zéphyr et les Nymphes, différemment placés, forment un grouppe séduisant. Psyché reçoit cet hommage avec toute la modestie possible; les Nymphes s'empressent à l'envi de plaire à leur nouvelle

maîtresse par des danses légères , vives
et agréables. Flore et Zéphyr dansent un
pas à deux sujets. Flore d'une manière
suave, et Zéphyr bondissant toujours
autour d'elle. Psyché accable les Nymphes
de questions ; mais elles n'y répondent
qu'en dansant. Terpsichore paraît, tenant
une harpe dans ses mains. Elle propose
à Psyché de danser ; Psyché refuse ,
par cause d'ignorance ; mais Terpsichore
lui dit que, si elle veut, en une seule
leçon, elle dansera aussi bien qu'elle ;
Psyché accepte, et Terpsichore lui donne
leçon sur tous les différens caractères de la
danse. Psyché est enchantée, elle voudrait
toujours danser ; Zéphyr, les Nymphes,
Flore et les jeunes Zéphyrs se mêlent
à elles deux, et forment plusieurs cadres,
desquels Psyché est toujours le tableau.
Après quoi tout le monde sort et laisse
Psyché encore enivrée de joie, de plaisir
et d'étonnement.

SCENE VI.

RIEN ne paraît manquer au bonheur
de Psyché ; mais Vénus, toujours occu-
pée de venger son affront, saisit ce
moment pour se présenter à elle sous les
traits de sa mère ; à cette vue inattendue,
Psyché jette un cri de joie ; c'est sûrement
une nouvelle faveur de son époux ; elle
s'élance au cou de sa mère, la serre dans
ses bras, et la tient étroitement embras-
sée : Vénus s'efforce de répondre aux
caresses de sa rivale : Psyché lui peint sa
félicité et l'excès de son bonheur ; elle lui
montre son palais, ses rares beautés et elle
prie sa mère d'accepter sa robe nuptiale,
gage de la magnificence de son époux.
Vénus demande à voir cet époux : Psyché
embarrassée, baisse les yeux ; elle ne sait
que répondre à cette question : cependant, pressée par les instances d'une mère
qu'elle aime, elle repond, mais avec
peine, qu'elle ne l'a point vu. A ce mot,

Vénus feint de se désespérer, de plaindre sa malheureuse fille : Psyché se croit en effet livrée au monstre le plus affreux; elle pleure sur le sein de celle qui jouit déjà des larmes qu'elle fait couler. Enfin, Vénus prenant Psyché par la main, la mène au fond du théâtre, ouvre une porte, et en lui faisant voir le monstre le plus affreux, elle lui dit : *Tiens, voilà ton époux.* Psyché recule d'effroi. Vénus lui fait entendre qu'il faut qu'elle emploie tous les moyens possibles pour se délivrer d'un tel époux : elle lui offre un poignard et la lampe funeste, en lui conseillant de les cacher jusqu'au moment où le monstre viendra. Psyché, quoiqu'à regret, prend le fatal présent et le cache. Vénus profite de cet instant pour jetter un bouquet de pavots sur le lit de repos, et elle part en donnant à Psyché les adieux les plus faux, et en faisant voir sa joie cruelle.

SCENE VII.

La pauvre Psyché se livre au chagrin que lui donnent les noires réflexions qu'elle est forcée de faire. L'idée d'avoir tenu ce monstre dans ses bras lui fait horreur, et ses larmes commencent à couler.

SCENE VIII.

Mais la voix douce de l'amant le plus tendre vient en ce moment sécher les larmes de la belle Psyché. Elle se sent aussi-tôt agitée d'un triple sentiment du plaisir de l'entendre, de l'horreur qu'il doit lui inspirer, et de la crainte de l'action qu'elle médite. Cependant un certain charme séducteur la rassure malgré elle ; elle s'approche ; son cœur est plutôt porté pour l'amour que pour la haine : elle lui doit d'ailleurs des remercîmens des biens qu'elle a reçus de lui :

elle lui parle de la leçon qu'elle a prise, en lui disant que s'il voulait, elle en apprendrait plus avec lui. L'Amour empressé de jouir des caresses de celle qu'il aime, s'assied sur le lit de repos : mais il n'y est pas plutôt, que le suc des pavots s'empare de ses sens : c'est en vain qu'il veut appeler sa chère Psyché, ses bras s'étendent, un assoupissement général le force à se livrer au sommeil..... un long silence effraie Psyché; elle appelle son amant : point de réponse, elle cherche ne trouve rien; elle écoute, mais inutilement : elle se croit déjà délaissée. La curiosité l'emporte, elle court chercher la fatale lampe et le poignard. Aussi-tôt qu'elle les tient, un tremblement la saisit; elle veut marcher, ses genoux fléchissent; elle avance un pied, puis l'autre; son ombre qui la suit lui fait tellement peur, qu'en voulant l'éviter elle tombe à côté du monstre; mais quel est son étonnement et l'excès de sa joie, lorsqu'elle reconnaît le plus beau des Dieux, l'Amour enfin! Aussi-tôt le

poignard échappe de ses mains ; elle ne
peut se lasser d'examiner ce Dieu. Elle se
reproche sa barbarie, ne croit point à
son bonheur, et elle se jette à genoux
pour rendre graces aux Dieux de l'époux
qu'ils lui ont donné. Enfin rien ne con-
tient plus son ravissement, elle veut
baiser son époux..... mais une étincelle
de la lampe tombe et brûle la cuisse de
l'Amour. Ce Dieu se lève avec précipitation : il accable Psyché de reproches
sanglans, et il part au désespoir, malgré
les instances, les larmes, les prières et
les cris de son amante.

SCENE IX.

Au même instant le Palais disparaît et laisse Psyché dans le plus affreux désert. Vénus ne tarde pas à venir s'emparer de sa proie, et pour mieux tourmenter sa victime, elle appelle l'implacable Tisiphone qui sort de terre, accompagnée de ses sœurs et de quelques démons ; et par l'ordre de Vénus, elle saisit Psyché, l'enlève, et la descend aux enfers.

ACTE III.

Le Théâtre représente la partie la plus affreuse des enfers. Le Phlégéton roule ses flots enflammés dans le fond. Un volcan s'avance sur le fleuve. Des antres, des montages sont des différens côtés. On voit la retraite de Cerbère.

SCENE PREMIÈRE.

PSYCHÉ paraît dans le plus grand désespoir; les lieux où elle se trouve lui font horreur : mais la mort est moins cruelle pour elle que la perte de son époux.

SCENE II.

TISIPHONE, Alecton, Mégère, l'Envie, la Haine, et quelques autres démons armés de serpens venimeux, viennent successivement porter la mort dans le

cœur de Psyché. Ils la poursuivent, et
l'ayant bientôt attrapée, ils l'attachent
dans un antre obscur, repaire des serpens. Ensuite ils vont chercher la robe
nuptiale que Psyché avait cru donner à
sa mère; ils la montrent à Psyché et
la jettent dans un gouffre de feu. Ce
spectacle est plus affreux pour la sensible
Psyché, que la piqûre des serpens n'est
cruelle. La rage des filles de l'Enfer n'é-
tant assouvie qu'à moitié, elles détachent
Psyché, et après s'être armées de poi-
gnards et d'épées flamboyantes, elles la
forcent à monter sur le sommet du volcan.
En ce moment, Cerbère, lâché par l'ordre
de Tisiphone, fait entendre ses épou-
vantables aboiemens; il poursuit Psyché
qui, de frayeur, tombe au milieu du
fleuve. Les horribles Furies se réjouissent
par des danses infernales.

SCENE III.

VÉNUS voulant jouir des tourmens de sa rivale, vient, et ne la voyant pas, elle demande ce qu'elle est devenue : Tisiphone lui explique tout ce qu'a essuyé la pauvre Psyché. Ce n'est pas assez, dit Vénus ; et elle ordonne aux démons de la ramener.

SCENE IV.

LE Théâtre s'ouvre, on voit sortir Psyché au milieu d'un grouppe de démons tenant des torches ardentes. Vénus la fait attacher à un énorme rocher, et mille tourmens sont inventés pour accabler la malheureuse Psyché ; elle n'y résiste plus, ses genoux s'affaiblissent à un tel point, qu'elle tombe sans force sur ce même rocher. Les Parques paraissent. Déjà le fil des jours de Psyché est étendu, le fatal ciseau est prêt à le trancher ; la cruelle Atropos n'attend plus que l'ordre de Vénus. Psyché rouvre les yeux pour sentir l'excès de son malheur, elle fait encore un geste pour demander grace, et elle se jette aux genoux de la Déesse qui jouit de voir enfin sa rivale à ses pieds ; mais elle la trouve encore si belle, que, plus outrée que jamais, elle prononce l'arrêt. Le fil est tranché, et Psyché tombe morte.

SCENE V.

Au même instant l'Amour arrive. Ce tableau le met dans une telle fureur, qu'il poursuit les filles de l'Enfer ; ces cruelles Furies n'échappent à la colère du Dieu, qu'en se précipitant dans différens abîmes. Ensuite l'Amour revient accabler Vénus de menaces et de reproches ; il brise ses traits, son arc, son carquois, et les jette aux pieds de sa mère : il déchaîne sa chère Psyché, et pleure dans les bras de celle qu'il adore. Vénus que le malheur de son fils touche et attendrit, emploie la puissance suprême de son père.

SCENE VI *et dernière.*

LE tonnerre gronde, l'enfer se couvre de
nuages ; c'est Jupiter qui descend et qui
rend la vie à Psyché. Ensuite il donne à
Vénus la couronne de l'immortalité, que
cette Déesse place sur la tête de Psyché.
L'Amour et elle embrassent les genoux du
père des Dieux, qui fait un geste ; aussi-
tôt les nuages se dissipent et laissent voir
l'Olympe. L'Hymen est au milieu, il en-
chaîne les deux amans de fleurs, Hébé,
par ordre de Jupiter, leur présente la
coupe nuptiale. Ces nœuds et cet apo-
théose sont célébrés par une superbe fête,
dans laquelle se mêlent plusieurs Divinités
de l'Olympe.

Fin du Ballet.

www.ingramcontent.com/pod-product-compliance
Lightning Source LLC
Chambersburg PA
CBHW061620180626
46818CB00005B/2164